밤하늘의 별을 보러
어두운 밤이 찾아왔듯

밤하늘의 별을 보러 어두운 밤이 찾아왔듯

발행일   2024년 2월 13일

지은이   정윤희
펴낸이   손형국
펴낸곳   (주)북랩
편집인   선일영   편집   김은수, 배진용, 김부경, 김다빈
디자인   이현수, 김민하, 임진형, 안유경, 최성경   제작   박기성, 구성우, 이창영, 배상진
마케팅   김회란, 박진관
출판등록   2004. 12. 1(제2012-000051호)
주소   서울특별시 금천구 가산디지털 1로 168, 우림라이온스밸리 B동 B113~114호, C동 B101호
홈페이지   www.book.co.kr
전화번호   (02)2026-5777   팩스   (02)3159-9637

ISBN   979-11-93716-38-0 03810 (종이책)   979-11-93716-39-7 05810 (전자책)

(주)북랩 성공출판의 파트너

북랩 홈페이지와 패밀리 사이트에서 다양한 출판 솔루션을 만나 보세요!

홈페이지 book.co.kr   •   **블로그** blog.naver.com/essaybook   •   **출판문의** book@book.co.kr

---

작가 연락처 문의 ▸ ask.book.co.kr

작가 연락처는 개인정보이므로 북랩에서 알려드릴 수 없습니다.

정윤희 시집

밤하늘의 별을 보러
어두운 밤이 찾아왔듯

하늘에서 별이 쏟아지듯
우리의 가슴에도 뭇별이 쏟아지기를 바라며

 북랩

시인의 말

　도시에서 치과위생사로 근무를 하다가 마음의 안정을 찾고자 귀촌을 결심했다.

　또한, 펜션을 운영하게 되면 편히 아이들을 양육할 수 있을 거라는 부푼 꿈은, 미처 생각하지 못한 현실에 부딪혀 거품이 되어 급작스럽게 사라졌다.

　셋째를 출산하고 어린 세 아이를 돌보며 다른 세계에 툭 떨어진 것처럼 시골에서의 삶을 적응하지 못하고, 내 선택에 끊임없는 후회와 자신을 향한 타협을 해 보았지만 내가 당면한 나날에 우울감에서 헤어 나오지 못할 때 〈변산〉이라는 영화를 보게 되었다.

　영화 속에 나오는 시를 접했을 때, 뭔지 모를 붉은 점들이 가슴속에서 꾸물꾸물 멍울지더니, 기어코 열정으로 퍼져 뿜어져 나와 2018년 11월부터 가사와 시를 쓰기 시작해 네이버 뮤직 카페에 올려 보았다.

　솔직히 아무것도 모르는 내가 그곳에 글을 올렸을 때 어떤 피드백이 어떻게 올지 너무 두려웠지만, 나아가지 않으면 아무것도 할 수 없다는 생각이 더 크게 지배했었던 것 같다.

점차 시일이 지날수록 글을 어떻게 가다듬어야 할지 터득하면서, 시와 가사에 대한 매력에 푹 빠져 나 자신의 글을 기록하고 싶다는 생각에 2022년 가사집이자 첫 저서인 『사랑 그 이후』를 펴낸 후, 시를 좋아하는 분들을 위해 이번 시집 『밤하늘의 별을 보러 어두운 밤이 찾아왔듯』을 펴낸다.

후에 저자가 어떤 생각을 하며 유영했는지, 사물을 어떤 관점에서 관조하였는지를 남기고 싶다.

아울러 투영되는 부분이 있다면 물음표로 읽다 물음표로 아련한 시간을 되짚어 보는 소중한 시간이 되기를 바란다.

『밤하늘의 별을 보러 어두운 밤이 찾아왔듯』

제목이 내재한 뜻은 이러하다.

밤하늘을 보기 위해서는 싱그러운 햇살의 푸름을 뒤로한 채, 어둠을 맞이해야 환한 별을 가슴에 담을 수 있다.

하나를 얻으면 하나를 내어 줘야 하는, 야박하면서도 정당한 이치이다.

도시의 편리한 생활과 욕심을 버리고 이곳 촌에 와 사시사철 변화무쌍한 자연을 보며, 그동안의 나의 밝은 낮을 떠나보냈다.

그렇게 찾아온 시와 작사는 어두운 밤에 내 자존감과 시골에서의 삶을 버틸 수 있는 밤하늘의 별이 되었다.

아름다운 자연 경관을 보지 않고서 어떻게 감히 내가 문학의 세계로 발을 디딜 수 있었겠는가!

지금에 와서 보니 귀촌을 함으로써 나를 고찰하는 계기가 되었다.

심히 감사할 따름이다.

내가 하고 싶은 일을 한다는 것은 꽃잎이 화사하게 펼쳐져 있는 꿈결을 걷고 있는 것이다.

몇 년이 걸릴지라도, 타인의 눈높이 성공이 아닐지라도…

모두 자신들의 가슴속 뭇별을 쓸어 담아 열정을 쏟고 원하는 것을 성취하기를 바란다.

마지막으로 가족을 위해 언제나 희생하고 고통을 내비치지 않으셨던 나의 어머님, 사랑하는 나의 어머님께 이 시집을 바친다.

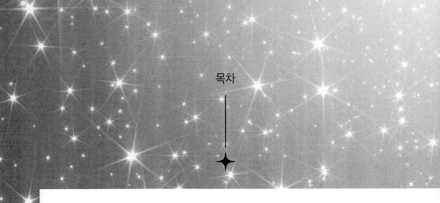

목차

당신을
사랑하는 이유

당신을 사랑하는 이유

당신을 사랑하는 이유를 아십니까
굵직한 우박에 찢긴 잎사귀 위로 흘러내리는
한 방울의 초로를 서로의 가슴에 담았기 때문입니다

밤하늘의 별을 보러 어두운 밤이 찾아왔듯

별빛 바다

밤새 반짝이는 별빛
바다에 뿌려져 윤슬이 되고
하얀 파도 별빛을 머금고 춤을 추네

당신의 소리

당신의 어투는 내게로 향해 다가오는
맑고 고운 풍경 소리

당신을 향한 설렘은 속삭이며 부딪혀 다가오는
귓가에 해조음 소리

빗소리

실체 없는 빗소리
빗소리는 소리가 없다
단지 어느 악기를 만나느냐에 따라
달라진 소리가 날 뿐

상념

완성되지 않은 미완성은 얼마나 아름다운가
상념이 즐비한 이곳에 줄을 잡아당겨
날아가는 깃털로 마음껏 그려 보아라

밤하늘의 별을 보러 어두운 밤이 찾아왔듯

가을 선물

가을의 푸른 하늘에
여러 개 주황색 점을 찍어 따
풍요로움을 선물하리라

보석이 된 강물

강물은 해님의 사랑을 받아 보석이 되어 흘러갑니다
당신도 누군가를 빛나게 비추어 준 적이 있습니까

인연의 끝자락

그대의 삶에 뛰어든 건 인연이었고
그대의 곁을 떠난 건 운명이었다

허상의 그리움

허상의 그리움
수증기로 가득 찬 그리움엔 네가 없다

밤하늘의 별을 보러 어두운 밤이 찾아왔듯

그 꽃

어리석은 사람아
타인의 꽃을 꺾으면 가질 수 있을까
그 꽃은 네게 향기를 내어 주지 않는다

태도

강물의 수위를 높이려면
그 자리에 털썩 주저앉아 자세를 낮추면 되고

상대의 위신을 높여 주려면
자만심을 누르고 경청하면 된다

인연

굽이치는 시련 속에 당신을 만나지 않았다면
이어지지 않은 점에서 사라졌을 것입니다

그루터기가 되어

말 없는 그루터기라도 괜찮습니다
고독한 여정에 당신이 잠시 쉴 수 있다면

밤하늘의 별을 보러 어두운 밤이 찾아왔듯

늦은 고백

퇴색된 사랑도 눈부실 수 있다는 걸
운명이 맞닥뜨려진 순간
수채화로 물든 노을을 보며 고백합니다

겨울밤이 긴 이유

겨울밤이 긴 이유를 아십니까
찬 바람에 빨갛게 된 손을 잡아 주었던 그 밤
당신을 그리는 순간마다 시간이 멈추었기 때문입니다

걱정하지 마라

걱정하지 마라
눈이 녹으면 드러날 것이다

나를 스친 이

나를 스친 모든 사람이 모르는 이고
나를 스친 모든 사람이 아는 사람이다

밤하늘의 별을 보러 어두운 밤이 찾아왔듯

삶 I

슬픔을 가두어 눈물을 다스린다

삶 II

경계하라

나를 지배하는 건 오로지 나일 뿐이다

삶 Ⅲ

웅장한 구름처럼 살다
공허한 구름이 되어 사라지겠지

산 너머로 흘러간 구름

산 너머로 흘러간 구름은 다시 돌아오지 않는다
인생도 어디쯤 가고 있는지 알 수 없다

밤하늘의 별을 보러 어두운 밤이 찾아왔듯

사랑의 깊이

심해는 측정할 수 있지만
사랑의 깊이는 측정할 수 없어요
보여 주고 싶지만 보여 줄 수 없는

오늘도 당신을 향한 사랑의 깊이는
알 수가 없습니다

사랑의 산물

등반을 한 자만이 아름다운 경관을 볼 수 있듯
희생을 베푼 자만이 사랑의 공덕을 받을 수 있다
나는 얼마만큼 그들에게 사랑을 주었는가

낙심

당신의 품에서 내가 나왔고
나의 품에서 당신은 떠나갔습니다

아! 누구나 길손임을 몰랐단 말인가

인생의 덧없음을 말하는 나를
꾸짖지 마십시오

흐노니

일렁이는 그리움
일렁이는 아픔
일렁이는 후회
때때로 밀려오는 공허함을 견뎌야만 했다

밤하늘의 별을 보러 어두운 밤이 찾아왔듯

죄책감

행복을 만끽하는 순간 슬픔이 잠식되어 오고
용솟음치며 흐느끼는 것은 죄책감이었다
눈물을 흘릴 자격 없는 내가 흘리는 건 또 비열함이었다

엄마

백지 위에
「엄마」
글자만 외로이 올려놓고
아무 글도 쓰지 못했다

밤하늘의 별을 보러
어두운 밤이 찾아왔듯

밤하늘의 별을 보러
어두운 밤이 찾아왔듯

찬 바람이 간지럽혀도 괜찮아
외로움이 알아차린대도 괜찮아

밤하늘의 별을 보러 어두운 밤이 찾아왔듯
가슴속 뭇별을 쓸어 담아 너를 찾아갈게

손가락 사이로 떨어지는 별빛의 향연
그 빛을 따라 너도 찾아와 줘

밤하늘의 별을 보러 어두운 밤이 찾아왔듯
가슴속 뭇별을 쓸어 담아 너를 찾아갈게

밤하늘의 별을 보러 어두운 밤이 찾아왔듯

세룰리안 블루

비가 갠 오후
수채화지 하늘에 붓을 잡고 손을 치켜올려
세룰리안 블루 수채화 물감으로 구름을 그린다

그 너머엔 옅은 주황빛
어스름이 내려앉은 하늘

운치 있는 조명 하나 그려 넣고
너의 이름을 불러 보면
그쪽 하늘에서도 이 그림을 볼 수 있겠지

그대의 이름이
더 이상 불리지 않는다면

살이 에일 듯한 찬 바람이
그대를 보지 못한 그리움보다 더 추울까요
절연의 아픔에 온몸이 얼어붙습니다

마음의 실타래를 풀어 그대를 기다리면 혹시 와 줄까요
가쁜 숨을 쉬어 답답함을 뿜어내지만
그리움은 쉽사리 사라지지 않습니다

이렇게 그리워하는 게 무슨 의미가 있을까요
내 그리움이 그대에게 닿지 못하는데도

이제야 알았습니다
그대는 내 인생에 가장 큰 선물을 안겨 주러 잠시 왔다는 걸
잠시 온 선물에 나는 무량억겁(無量億劫)
간직할 수밖에 없는 운명이었음을

밤하늘의 별을 보러 어두운 밤이 찾아왔듯

네, 이리 평생을 마음에 품으려 합니다
그리고 짙은 안갯속에서 그대의 이름을 부르고
또 불러 봅니다
한 번만이라도 볼 수만 있다면

어느 날 그대의 이름이 더 이상 불리지 않는다면
내가 그대를 잊은 게 아니라
내가 나를
내가 나를
잃은 것일 겁니다

시에 라일락 향기를 담아

찬바람에 흙 속 꽃향기 묻히고
외로움에 붉어져 눈물 맺혀 와
갈 길을 잃은 사랑아

불꽃의 섬광
단단히 굳은 땅에 생명의 온기 데워지고
어느덧 길가에 핀 꽃 발길을 멈추어 내게로 입혀진다

긴긴밤 보라색으로 짙어지는 애련함이여
라일락 꽃잎 추억에 날려 네 곁으로 찾아가면
한 줄 한 줄 윤슬을 담은 눈길 따라
따스했던 그 봄, 책 속에 펼쳐진다

밤하늘의 별을 보러 어두운 밤이 찾아왔듯

그대여, 잊지 못해 읊조리면
라일락 꽃잎 네 곁에도 피어나고
그대여, 부드러운 손길로 이 시를 매만지면
눈을 감고 사랑을 보낼 테다

사랑아 사랑아
그대가 나를 부른다면 언제든
시에 라일락 향기를 가득 담아 그리운 너에게 보낸다

나는 너에게 무엇이었을까

너는 나에게 아픔이었다
나는 너에게 무엇이었을까

지난날 너를 가만히 꺼내어 보니,
단 한 번도 화를 낸 적이 없었다

나는 둥글둥글한 조약돌을 주워,
있는 힘껏 그의 가슴을 그었다

말 없는 표정이 싸늘히 식어 가고
조용히 뒤돌아 멀어져 간다
매번 그렇게

그가 떠난 자리에 주저앉아
손에 쥔 조약돌을 바라보며
소리 내어 울었다

밤하늘의 별을 보러 어두운 밤이 찾아왔듯

너는 왜 침묵으로만 일관했을까

나는 왜 그런 너를 보낼 수 없었을까

그리움을 이기지 못할 때

비가 내리지 않으면
마음을 씻기던 시원한 빗소리가 그립고

눈이 쌓이지 않으면
눈밭 거니는 나를 더한 뽀드득 소리가 그립고

바람이 멈추면
내 머릿결 쓰다듬어 준 신선한 산바람 그립습니다

아, 그러나 이 모든 그리움이 다 합쳐져도
하나의 그리움을 이기지 못할 때
그때는 그대가 그리워질 때입니다

밤하늘의 별을 보러 어두운 밤이 찾아왔듯

불현듯 그대가 그리워지면

11월 서늘한 가을밤
가로등 불이 떨구어진 낙엽을 애련하게 비춘다

불현듯 그대 모습 떠올라 그리움에 북받쳐 눈물이 나면
모든 걸 내팽개치고 나, 그댈 찾아 달려갈 테다

너무나도 그리워 그곳으로 달려가면
혹여나 시공간을 뚫고 닿아 그대도 찾아오려나
천 번이라도 그대 이름 허공에 울려 퍼트리면
혹여나 나의 목소리 그대 가슴에 들리려나
부르고 부르고 부르고
그대 이름 닳도록 불러 본다

그리움이 씨앗이 된 하루하루
사무치게 그리운 오늘
서글픈 사랑을 닮은 어느 애연한 가을밤

추억의 흔적

시나브로 사라져 간 빗물이
그리움으로 남을 때
추억은 흔들림 없는 외침이 된다

아, 분명 미친 듯 사랑을 했는데
내 사랑은 소슬바람에 찾을 수 없는 흔적

다시는 보지 말자
인연의 끈에 이끌린다 해도
또다시 운명이 우릴 갈가리 찢어 놓을 테니

운명이라고 생각했던 순간은
기차 밖으로 스쳐 가는 풍경

제자리가 아닌 자리에서 벗어나
둘 다 돌아간 것임을
신기루 사랑은 그렇게 사라졌다

밤하늘의 별을 보러 어두운 밤이 찾아왔듯

잊으려 한 지난날

기억하나요
가슴앓이로 지내 온 삶을

망가지고 망가져도 후회 없다 다짐하고
눈물이 빗물 되어 그대 곁에 있어도
움직일 수 없다 하며 바위처럼 굳건했던
혹여나 기대하며 보내온 세월

이제는 떠나자 다짐으로 나를 찾고
아픔은 어느덧 강물 따라 흘러갔나

두고 온 마음 되새겨 생각하고 또 생각하니
이제는 잔잔한 추억 되어 기억 속에 흐르네

빨간 장미 한 송이

사랑은 가고 빨간 장미 한 송이
가슴에 담았습니다

사랑은 가고 그대 이름 머리에 새겨
어제도
오늘도
흐르지 않는 전류 기억에 꽂아 봅니다

사랑은 가고 말라 버린 빨간 장미 한 송이
가슴에 담았습니다

밤하늘의 별을 보러 어두운 밤이 찾아왔듯

바보 같은 그대는

하루 또 하루의 염원으로 그대에게 닿으니
멍하니 하늘을 보는구나

남들과 같은 사랑 했거늘 바보 같은 그대는
잊지 못해 슬픔을 가두어 두느냐

손길을 느낄 수 있어
눈물을 닦는 걸 알 수 있으랴
소리를 들을 수 있어
잊으라 하는 말을 들을 수 있으랴

그리워 우는 네게 해 줄 수 있는 게 없어
부딪쳐 우는 소리로 맴돈다

사랑의 실패

사랑의 실패에 그댈 무너뜨리지 마라
그대에게 가르침이 될 테니

사랑의 실패에 그댈 가둬 두지 마라
다른 세상을 보게 될 테니

사랑의 실패에 그대 움츠러들지 마라
그대만큼 귀한 사람은 없으니

그대 눈빛에
그대 목소리에
그대 있으매 따스함이

밤하늘의 별을 보러 어두운 밤이 찾아왔듯

가을 속으로 사라진 남자

가을 세상에 두 남녀가 붉은 물결 위를 걷고 있습니다
무슨 대화인지를 나누다 남자는 서둘러 인사를 하고
오른쪽으로 나 있는 골목길로 무심히 가 버립니다
그 여자의 마음속에 자신이 유영하고 있는지도 모른 채

그대에게 바치는 세상

그대에게 향하기 전
미덕을 포개어 다가가면
그대는 온유한 파동에 한층 더 풍부한 사유로
세상을 바라보겠지요
나는 그런 세상을 당신께 바치겠습니다

밤하늘의 별을 보러 어두운 밤이 찾아왔듯

당신의 숨소리마저 보살피던 밤

밤이 깊었습니다
이제 가시려나요

당신의 숨소리조차 보살펴야 하는 긴긴밤
그대의 뒤척임을 눈으로만 쓰다듬었습니다

아시나요
다가갈 수도
뒤척일 수도
없었단 걸

그저 쓰린 마음을 누르고 있을 뿐
가시고 나면 난 당신의 아픔을 떠올릴 것입니다

밤하늘의 별을 보러 어두운 밤이 찾아왔듯   *45*

보름달이 비추는 밤

어둠을 잃은 보름달이 비추는 밤
고요함 속에 그대를 바라봅니다

그대는 아름다움이 넘쳐 흐름에도 가득 차
나는 오로지 그대만 보입니다

그대는 온유한 성품의 손짓으로
나의 마음을 사로잡고 따스히 채워 줍니다

그 사랑의 빛이 강하게 스며들어
저 구름도 주황빛으로 물들어 흘러갑니다

나는 밝은 태양의 빛은 줄 수 없으나
그 빛을 오롯이 모아 은은한 달빛을 드립니다

나는 그대의 슬픔 치유해 줄 수 없으나
그대의 주위를 돌고 돌아 곁을 지킵니다

밤하늘의 별을 보러 어두운 밤이 찾아왔듯

숱한 먹구름이 우리 앞을 가렸던들
스쳐 지나감이 당연하고

내 빛이 점점 작아진다 한들
이처럼 또다시 돌아오는 것도 당연합니다

상처로 깊게 파인 자국 내 뒤편에 고이 숨기십시오
나는 절대로 뒤를 돌아 그대의 아픔을 들추지 않을 것
입니다

어둠이 퍼져 나갈 때 나를 기다리십시오

당신만을 향하여 빛을 내는 나는
언제나 그대의 밤을 온몸으로 비춰 줄 것입니다

당신만을 향하여 빛을 내는 나는
언제나 그대만의 포근한 달빛이 될 것입니다

어둠을 잃은 보름달이 비추는 밤
나는 오늘 그대에게 사랑을 고백합니다

밤하늘의 별을 보러 어두운 밤이 찾아왔듯

베풂에 당연함은 없다

참고 있던 눈물이 가슴으로 흘러 얼어붙은 것일까
따뜻한 물줄기로 꽁꽁 언 산을 녹여 보지만
쉽사리 제 모양을 내어 주지 않는다

눈물을 어디로 흘려보낼 수 있으랴
기대를 벗지 못한 희망에 서러움만 붉어져 가는구나
눈빛으로 사랑을 주고받고 평생을 함께하겠다 다짐하였건만
미움이 원망을 움켜쥐고 후회와 낙심은 쌓여만 간다

눈가엔 차마 흐르지 못한 눈물이 맺히고
너의 가슴엔 뜨거운 불신의 화가 솟는다
마음이 걸레짝처럼 해어져도 알아줄 이 하나 없고
혹여나 누가 들을까 울음소리 힘껏 삼키는구나
사랑놀이라 생각했던 어리석음에 한숨을 내뱉어 위로한다

부부는 무엇일까
부부는 무엇으로 사는가

밤하늘의 별을 보러 어두운 밤이 찾아왔듯

그래, 사랑만 하며 어찌 깊을 수 있으랴
회오리바람에 버티는 그 또한 나와 같음일 테다
네가 내게 베풂에 당연함이 없고
내가 네게 베풂에 당연함이 없음을
마음에 새기고 새기어 얼어붙은 응어리를 녹인다

눈물은 나만의 것이 아니었다

할퀴고 원망하고 선택에 후회하고
겹겹이 쌓인 마음은 후비어 고적(孤寂)이 되었다

서러움과 분노의 눈물은 용소(竜沼)가 되어 파이고
답답함을 누르고만 있는 날은 더더욱 지나옴에 괴로움
이었다

시간이 흘러 상처가 치유될 적에
저만치 뒤쫓아오는 당신이 보인다

가슴에 손을 대어 본 순간
아직도 눈물을 흘리고 있었다

그 안으로 보이는 뚜렷한 상흔의 시간들
혼자만 그대를
혼자만 나를

밤하늘의 별을 보러 어두운 밤이 찾아왔듯

눈물은 나만의 것이 아니었다
눈물은 서로의 고뇌를 헤아리지 못한
포말(泡沫)의 당신과 나
우리의 것이었다

보이지 않나요

나는 그대를 보고 있습니다
그대에게 소리쳐 보지만
이내 외침은 유리에 갇혀 내게로 다가옵니다

내 아우성이
내 초라한 몸짓이
들리지도 보이지도 않는 건가요

밤하늘의 별을 보러 어두운 밤이 찾아왔듯

방황

먹구름의 포근함에 안겨 버려
바람도 무시한 채 떠다닌다

어르고 달래고 소리쳐 봐도
웃으며 고개를 돌리는 야속한 임아

떠나가는 그대를 볼 수 없어
나 역시 몸을 던져 곁에 앉는다

밤하늘의 별을 보러 어두운 밤이 찾아왔듯

알아

알아, 모르지 않아
너의 눈물을 못 본 건 아니야
마음을 녹이려 했을 뿐
시간을 재우려 했을 뿐

알고 있니
온종일 나를 숨겨
너의 하루를 살피고 있었다는 걸

밤하늘의 별을 보러 어두운 밤이 찾아왔듯

해어진 빨간 지갑

손에 쥐어진 허름한 빨간 지갑
해어져도 익숙함에 꺼내 보였다

낡아진 아내처럼 안쓰러웠는지 상자를 내밀고
기대에 찬 얼굴이 한순간에 헛웃음만 나온다

십여 년을 살았건만 아직도 그대는
그대의 취향을 내게 입히는구나

그대 마음을 꼭 닮은 지갑을 손에 쥐고
나 그대에게 눈빛으로 말한다

아직까지 나를 헤아리지 못하니
몇십 년을 더 살아도 괜찮겠구나

숯덩어리 사랑

부부의 심서(心緒)를 단순히 표출할 수 있을까
끈을 놓지 않기 위해 역풍에도 각고의 인내
타들어 가는 삶의 시련
비로소 서로의 버팀목

활활 타오르는 불은 가라앉고
잔잔하게 타오르는 숯

부부는 서로를 부둥켜안고 온기를 내뿜어
한참을 희생한 후에 사그라드는
숯덩어리 고귀한 사랑

밤하늘의 별을 보러 어두운 밤이 찾아왔듯

인내의 숯

손을 붙잡게 된 순간 숙명이 되고
험난한 인생의 쳇바퀴는 여전히 돌아갑니다
서로의 흙탕물을 정화해 주는 것이 부부의 인내라면
인내의 숯을 던져 청아하고 너른 물이 되기를
유유히 기다리겠습니다

산과 바다

바다는 첫사랑이다
파도의 오케스트라 연주로 온 신경이 가득 차
거부할 수 없는 설렘과 흥분
어느 컴컴한 인생의 골목길에서 문득문득 생각이 나면
훌쩍 떠나 찾아가고픈 사랑

그러나 바닷속에선 살 수 없다
온 열정을 쏟아 네게 빠져 허우적거려도
거친 파도에 휘둘려 정신이 혼미해져도
살아야 하기에 포기하고 뒤돌아 나와야 했다

밤하늘의 별을 보러 어두운 밤이 찾아왔듯

산은 에메랄드 사랑이다
삶에 지쳐 만신창이가 되어 찾아가면
해결해 줄 수 없음에 안타까워
숲속 내음을 뿜어 답답한 속을 시원하게 스며
위로해 주는 산

걷다 걷다 다리에 힘이 풀려 주저앉으면
누구보다 나를 잘 안다며
애처로운 눈빛으로 한없이 기다려 주는 산
산은 진정한 에메랄드 사랑이다

나는 그 향이 나는 사람이 좋습니다

나는 아름다운 향기가 나는 사람이 좋습니다
알고 있나요
그대에게도 향기가 납니다

그 향기는
어느 바닷가의 추억의 짠 내도
어느 꽃잎의 매혹적 향기도 아닙니다

내가 사랑하는 그 향은
상냥한 말씨로 배려할 줄 알고
부드러운 눈빛으로 겸손할 줄 아는
성정이 가득한 그런 향기입니다

척박한 일상에 지쳐 오늘 그대에게 가려 합니다
서리로 가득 찬 마음에 따스함을 스며 녹여 주십시오
나는 그 향이 나는 당신이 참 좋습니다

밤하늘의 별을 보러 어두운 밤이 찾아왔듯

벚꽃이 핀 어느 날

울퉁불퉁 인생길 담은 거친 손으로
그대의 얼굴을 만져 봅니다
젊은 날 우린 꿈결 속에서 걷고
인생 속으로 함께 빠져들었지요
참 험난했던 곡절에 많이도 변해야 했습니다

어느 날 돌아봐 옆자리에 내가 없다면
허전해하지 말고 우리 걸어온 길 되새기며 속삭이면
슬픔 흘러넘쳐도 애틋한 영화처럼 가슴에 남을 거예요

오늘처럼 벚꽃이 핀 이 자리 내 향함을 기억하세요
잊혔다 서러워질 우리의 사랑은 그대의 옆에
온기로 남아 있습니다

아, 그대여
가족의 인연으로 묶인 그대여
함께해 줘서 고마워요

밤하늘의 별을 보러 어두운 밤이 찾아왔듯   *61*

님께 바치는 시

이순신 장군, 안중근 장군, 홍범도 장군,
윤동주 시인 헌시 등

통곡(慟哭)

거센 비바람에 출렁이는 검은 파도
넋 놓고 바라보니
난의 희생에 죽어 간 내 아들 생각에
애통하고 분통하여 하늘에 눈물을 건넨다

맺힌 한을 풀면 못 이룰 것이 무엇이 있겠는가
나를 태워 왜군을 멸하고
목놓아 울지 못해 가슴에 고인 피를 뿌리리라

밤하늘의 별을 보러 어두운 밤이 찾아왔듯

면아, 면아

내 아들 면아

내 사랑하는 막내아들아

울지 말거라 울지 말거라

아비가 너의 한을 풀고 서둘러 품에 안으러 갈 터이니

슬피 울지 말거라

* 이순신 장군 추모 헌시
  시 일부분 발췌되어 내레이션으로 음원 발매
  삼도수군통제사 - 퓨전국악밴드 '경지'
                작곡 오현
                작사 오현, 정윤희

대한의군 참모중장 겸
특파 독립대장 안중근

얼굴로 떨어지는 빗방울 맞으며
산속을 헤매는 그날의 그대를 본다

빗물이 온몸을 적신다 하여도
뜨겁게 달아오른 의지를 식힐 순 없고
진흙으로 범벅된 맨발이 찢겨도
벌거숭이로 벗겨진 민족의 얼이 찢긴 것보다 아프겠더냐

가슴 아파라 가슴 아파라
11명과 무명지 한마디 잘라
대한독립 결의 태극기에 혈서로 맹세하노라
위국헌신 군인본분 가슴에 새긴다

10월 26일 하얼빈 운명의 소용돌이가
길고 긴 바람과 함께 휘감긴다
기다려라 이토여
15개의 항목으로 안중근 장군이 처단한다

밤하늘의 별을 보러 어두운 밤이 찾아왔듯

코레아 우라 코레아 우라

동양 평화를 위해 한목숨 바치리라

의로운 이여

조국을 위해 희생한 이여

수많은 독립투사가 장군의 뒤를 따르고

독립 염원 이루었나니 조국 유린한 죄를 두고두고 갚으리라

대한의군 참모중장 겸 특파 독립대장 안중근

애국정신 한국인에 삶에 길이길이 깃든다

우리의 영웅이여 슬퍼 마소서

영원토록 그대를 잊지 않으리라

* 시 일부분 발췌되어 내레이션으로 음원 발매

　자유의 외침(feat. 이희주) -　퓨전국악밴드 '경지'

　　　　　　　　　　　　　작곡 오현

　　　　　　　　　　　　　작사 오현, 정윤희

홍범도 장군과 독립군

나팔을 불어라
나라를 지킬 의병들
홍범도 장군이 의로운 사람을 부른다

나팔을 불어라
나라를 팔아먹은 윗대가리 삭정이들아
홍범도 장군과 독립군이 나라를 되찾으련다

하늘도 노하여
소낙비와 우박으로 은빛 천을 드리우고
산기슭에서 피어오른 운무로 적들의 눈을 가려 버렸다
봉오동 전투와 완루구 전투
총을 겨눈 상대는 아군인가 적군인가
자신의 죄를 향해 총구를 대고
두려움으로 치닫는 자멸전

밤하늘의 별을 보러 어두운 밤이 찾아왔듯

구국항쟁을 향한 분연한 기개를 보라
목숨을 앗아 갈지라도 나라를 되찾겠다는
비장군(飛將軍) 홍범도와
이름을 새기지 못한 독립군의 숭고한 사명
손바닥에 산형 지세를 올려놓고 신출귀몰 적군을 농락하니
중과부적 또한 겸연쩍어 하는구나

구슬프게 나팔을 불어라
바람에 휘날리는 검은 연기도 구슬프게
야욕으로 유린한 간도참변
총과 칼에 울부짖고 불에 타들어 간 원통한 영혼들

아, 그대들이여
잔혹하게 타인의 인생을 집어삼키고도
한평생 웃으며 어찌 살 수 있으리오
결국 죄는 침잠했다 드러나는 것을

* 홍범도 장군과 독립군 헌시

짐작조차 할 수 없다

나는 짐작조차 할 수가 없다
포효 속에 죽어 간 애달픈 가족
긴 세월 다짐으로 떠올린 수천 가지 고뇌
얼마나 피눈물을 삼키셨을까
울분과 분노가 산을 울린다

나는 그분들처럼 할 수가 없다
험난한 눈산을 얼어붙은 발로 이끌다
어둠의 정령이 찾아오면
땅을 잃은 냉랭함을 깔고 열망만을 덮어
눈물로 잠을 청한 서글픈 독립군

밤하늘의 별을 보러 어두운 밤이 찾아왔듯

나는 짐작조차 할 수가 없다
자유시참변을 보며 얼마나 비탄의 눈물을 흘리셨을까
애석한 청년들, 감내할 수 없는 절통
나는 그 시대를 살아간 홍범도 장군과 독립군의 심연을
감히 가늠할 수 없다

* 홍범도 장군과 독립군 헌시

홀로 남겨진 목련꽃

564년이 흐른 오늘
왕의 비운에 눈물이 흘러 시로 남긴다

간사한 독수리, 날카로운 발톱을 숨기고
연약한 목련꽃 쥐고 흔들며 갖고 놀았구나

쥐새끼의 혀로 여명을 덮어 버리고
도탄지고(塗炭之苦)에 빠져 선혈이 낭자하다
허나 냉소로 바라보니 굳은 절개는 능히 꺾을 수 없었
으리라

누가 알까
비통한 심정
청령포 벼랑 위, 거친 바람에 시달리는 애잔한 꽃이여

밤하늘의 별을 보러 어두운 밤이 찾아왔듯

찬탈에 흥겨워 머리에 앉아 호령하는 세조여
눈 감을 적에 선왕들이 두렵지 아니하던가
필히 그때는 알았으리라
통한의 눈물이 사운이 되어 곳곳에 떨어진 것을
여생을 치부 속에 옭아매는구나

정희왕후여
어린 손주에게 권세와 정신을 친히 보필할 적에
혈혈단신 어린 조카는 떠오르지 않았는가

아, 왜 목련 꽃이 홀로 피어 있단 말인가
17개 잎은 떨어져 동강에 떠돌고
목숨의 끝자락 진실은 저 멀리 흘러갔구나
황망하고 애통하다
이 죽음을 어찌 위로할까

애석함에 영월 장릉에 서서 바라보니 더 애처롭다
죽어서도 외로이 홀로 있구나
마음이 아파 이 시를 읊어 전하네

단종대왕이시여
후세의 국민은 왕의 그날을 잊지 않고
가슴에 품었으니 여한을 푸소서
이제 왕의 곁에서 억색을 풀어 드리리라

* 단종대왕 추모 헌시

밤하늘의 별을 보러 어두운 밤이 찾아왔듯

통분의 밤

홀로 어두운 밤
수루에 서서 바람 소리를 들으니
왜군의 짓밟힘에 울부짖는 소리가
귓가에 맴도는 듯하여 통분함을 이루 말할 수 없다

난의 끝은 알 수 없고 백성의 눈물이 짙어지니
시름에 한탄스러움도 더해만 간다

필히 피로 물든 만행을 잊지 않고 갚으리라
그날엔 밝은 달빛에 마음을 내려 두고
그리운 그대들과 편히 술을 건네리라

* 이순신 장군 추모 헌시

부끄러운 외면은 죄를 덮을 수 없다

알고 계시지요
「시대처럼 올 아침」
님의 시(詩)처럼 맞이하였습니다

별은 꿈꾸는 님의 뜻을 비추고
바람은 결의를 이끌며
시의 애절함은 하늘에 퍼져 우리 가슴에 닿았습니다

부끄러운 외면은 죄를 덮을 수 없고 그들에게 내립니다
님의 마지막 외마디
하늘과 바람과 별에 광복 염원을 이루었습니다

알고 계시지요
님의 시(詩)는 어둠 퍼진 그곳 벗어던지고
푸름 퍼진 님의 맑은 하늘에서 많은 이들에게 뿌려졌습니다

밤하늘의 별을 보러 어두운 밤이 찾아왔듯

이제 설움을 잊고 형 송몽규 님과 시를 노래하소서

우리가 들으리라

* 윤동주 시인 추모 헌시

기적의 14시간

1972년 8월 19일
혼령을 달래고 회유했던 희망과 의지의 14시간 사투
성이 난 것처럼 위협하듯 불어나고
검은 손아귀는 내미는 강물

제발 제발 제발
기적을 베푸소서
수없이 되뇌었을 시루섬의 주민들

기적은 그들의 손을 어루만져 주었고
범랑한 강물은 지친 듯 사라졌다
잊지 말아야 할 단양 시루섬 강인한 시민들

* 1972년 8월 19일, 태풍 베티 영향으로 충북 단양 남한강이 범람하였다.
  그로 인해 시루섬 주민들이 물탱크, 원두막, 철선 등에 피신하여 14시간을 버
  텨 기적적으로 살아남은 사연.

밤하늘의 별을 보러 어두운 밤이 찾아왔듯

암흑 속 별

태풍 베티가 하늘을 지배하고 흙탕물로 뒤덮이는 시루섬
물탱크 위로 피신한 마을 사람들
그리고 아기를 안은 엄마

암흑이 위협을 가해도 거친 강물 소리만 못했을
기나긴 공포와 서로의 동아줄이 된 팔
혼자만의 것이 아닌 삶의 저변

숨소리조차 옥죄이는 밤
많은 이들의 위험에 미세한 미동도 허락할 수 없고
태연자약(泰然自若)할 수밖에 없는 가슴속 절규
엄마 품에서 잠이 든 명멸의 빛
오늘은 그대의 가슴에 묻힌 별을 추모하리라

* 1972년 8월 19일, 태풍 베티로 물탱크 위에 190여 명이 올라갔고, 생후 100
일 된 아기가 압박으로 인해 숨을 거뒀다.

어찌 낙화된 매화만 바라보느냐

꽃잎은 필경 피고 지는 것이 당연하거늘
어찌 낙화된 매화만 바라보느냐
임 품에 안긴 매화 돌아올 길 없으니
어루만진다 한들 그 꽃잎일 수 없다

떠나는 임의 뒷모습, 가슴 아파 어찌 보고 있었을꼬
임도 아플세라 풍수 갈 길 재촉하니
치마에 떨어진 눈물 젖어 짙어만 가는구나

혹여나 그리운 임 모습 보일까
매몰찬 강선대 강바람에 한 해, 두 해 흘러가니
서간이라도 남한강에 띄워 보내면 좋으련만
야속한 강은 임 계신 곳을 지나지 않는구나

어찌할꼬 어찌할꼬
급히 떨어진 꽃잎에 한평생 수절한 두향아
밤마다 여인네 울음소리

밤하늘의 별을 보러 어두운 밤이 찾아왔듯

소쩍새도 어찌하나 소릴 거두고

거문고 뜯는 소리에 단양 남한강 물길도

구슬퍼 휘이휘이 물러가네

* 후세에 내려져 오는 퇴계 이황과 두향의 사랑 이야기로, 사실 관계를 알 수 없다.

붉은 실크의
낙조를 두르고

자아를 돌아보며

운명

그의 슬픈 얼굴빛이
내 얼굴에 서서히 입혀졌을 때
시련을 품은 시인임을 받아들였다

밤하늘의 별을 보러 어두운 밤이 찾아왔듯

천 가지의 각

천 가지의 각을 떨리는 손으로 돌린다
단 한 사람도 나의 모든 각을 본 이는 없다
단지 일면의 각을 전체로 보았을 뿐
나를 스쳐 간 이
어떤 각을 보며 쓸쓸히 떠나갔을까

이기심과 시심(豕心)
오만과 자만
비열과 비굴
무책임과 무례함
표리부동이 가득한 섬

누가 볼세라 황급히 뒤로 돌리다 또 나오면
숨을 막고 재빨리 숨긴다
오늘도 불안한 눈빛으로 천 가지의 각을 돌린다

구겨진 종이

오늘도 두꺼운 책으로 구겨진 종이를 눌렀다
힘주어 펴 보지만 그 전으로 돌아가진 않는다

구겨진 자국 아래에는 어둠이 깔리고
날이 선 종이는 날이 선 기억이다

흑과 백을 넘나드는 흔적이 가슴을 쪼그라들게 했다
오늘도 두꺼운 책으로 구겨진 종이를 눌렀다

밤하늘의 별을 보러 어두운 밤이 찾아왔듯

강물에 비친 얼굴

사색에 빠진 채 너른 강가를 홀로 거닐다
한참을 바람결에 서 있었다

강물에 비친 내 얼굴이 어둠의 빛으로 일그러져 보인다
유심히 아주 유심히 강물을 바라보았다

부스러기들
내 마음에 부스러기들

큰 돌멩이를 던져 나를 지웠는데도 성이 안 차
손으로 마구 휘저어 생채기를 만들었다

나의 반영을 흩트려 흘려보낸 후
풀포기를 잡고 물감을 풀어 은빛으로 그려 넣었다
그제야 옅은 미소가 흘러나왔다

내면의 악

집 주위를 돌고 돌아 너의 흔적을 찾아다닌다
거미는 허락 없이 내 영역에 성을 만들어 온 신경을
거스르게 하고 나뭇가지 끝은 날카로운 날이 되어
그동안의 업적을 송두리째 무너뜨린다

죄책감은 눈앞 이득에 걸림돌이 되고
잔인함이 합리화로 덮어 버리는 순간
무자비한 심리는 자비를 비웃고
거침없이 죄를 휘젓는다

패권의 난입으로 네 권리를 발밑에 가두는 무례함을
무표정한 마음으로 내면의 악을 꺼내는 잔인함을

세상에 선한 사람이 누가 있단 말인가
어차피 나조차 누군가의 생명을 앗아 간 자
나 또한 그들에게 죄인이었다

밤하늘의 별을 보러 어두운 밤이 찾아왔듯

절망조차 무너졌다

어둠이 나를 주시했다
짓누르며 다가오는 걸 깨닫지 못했다

낮의 빛을 쫓아 하늘을 보지만 밝은 태양은
서서히 빛을 잃어 가고 허둥대는 마음조차 흩어진다

스산한 기운이 몸을 스쳐 애원(哀怨)의 시선으로
달을 찾지만 어디에도 찾을 수 없다

나의 빛 나의 기둥 그대를 잃을까
막막한 두려움에 울부짖는다

더듬거리며 빛을 쫓는 나는
얼굴이 잊힐까 계속 훔쳐본다

내 어둠을 버틴 비가 내린다
온 바닥이 상처로 쓰린 눈물이 되어 적신다

파도이고 바다였다

세차게 바람이 내몰은 날
힘없이 차가운 바위에 부딪치고 부서졌다
수없이 그렇게

상처받아 앓인 가슴을
몰아치는 파도에 숨기고 나는 나를 덮었다
눈을 꼬옥 감은 채

높은 파도를 만들어 온 힘을 다해 소리를 질러 보아도
나는 혼자였다

거센 풍파에 날 맡기고 순응하는
바람에 이는 파도
눈을 꼬옥 감은 채 나는 나를 덮었다

밤하늘의 별을 보러 어두운 밤이 찾아왔듯

사랑하지 않음이 아니다

너를 버리려 한다
사랑하지 않음이 아니다

처음 보던 날 도도한 눈빛으로 나를 유혹했고
가질 수 없다 하며 농락했다

되돌아가야 함을 알지만 옛 기억의 꽃향기로 휘감겨
삶은 피폐해졌으니 버림을 원망하지 말거라

이제는 너에게 오지 않을 것이다
네가 머무는 이 근처도 돌아보지 않을 것이다

사랑하지 않음이 아니다
애증을 끊으려 함이다

잊지 못함에 추억은 가져가되
추억하지는 않을 것이다

거짓 매력을 믿지 않겠다

하얀 피부에 검은 눈동자
십여 년을 다른 이의 유혹도 거들떠보지 않고
네게 매료되어 너만을 바라봤다

하나하나씩 훔쳐볼 때면 유난히도 떨리게 했고
설렘으로 가득 찬 주말에 내게 올 거라 기다렸지만
끝내 비웃으며 오지 않았다

혹여나 나를 선택해 줄까
혹여나 내게 눈길을 줄까

너만 와 준다면 세상 모든 걸 가진 거라 생각했는데
순애보의 사랑을 끝까지 외면하고 또다시 다른 이를
선택한 네가 이제는 얄밉기까지 하는구나

밤하늘의 별을 보러 어두운 밤이 찾아왔듯

가끔 네 생각이 난다 해도
가끔 기다리지 않음을 후회해도
너를 보지 않겠다
로또, 이제 너의 거짓 매력을 믿지 않겠다

적막이여

죄를 삼킨 인간이여
그대가 흘린 눈물의 한 방울은
동굴 속 한 방울인가
사막의 한 방울인가
멍울이 된 가슴을 누구에게 한탄할까
어리석고 아둔한 이여
눈은 붉어졌는데 흐르지 못할 적막이여

밤하늘의 별을 보러 어두운 밤이 찾아왔듯

꽃으로도 태어나지 않으리

한 계단, 두 계단
첨예한 송곳 위를 가파르게 오르는 고통의 나날
알 수 없는 심연
윤슬의 평온함에 가려진 컴컴한 심해

언젠가 만날 나와의 절연과 마주할 때
난 미소로 맞이하리라
눈을 감고 안도의 기쁨으로 잠드리라

봄이 온다
또다시 꽃은 피어난다
잔향이 나를 깨우려 한다
향기로운 꽃이라 해도 만나지 않으리라
다시는 나를 내어놓지 않으리라

독배(独杯)

핸드폰 숫자의 움직임
멈춰진 시선, 자정
축하의 메시지

아스라이 사라져 가는 기억
밤거리, 꽃다발, 흥에 겨운 사람들, 술
홍조된 미소, 젊은 여인, 축배의 향연

핸드폰 숫자의 움직임
멈춰진 시선, 자정
독배(独杯)의 향연

특별함이 사치된 축하 인사
쓸쓸함 감도는 어제와 같은 하루

　　　　　밤하늘의 별을 보러 어두운 밤이 찾아왔듯

야속한 자정의 시계

사라진 화려한 해무

독백, 축하의 속삭임

독배(独杯)

꿈에서 깨어났을 땐

희망을 품고 열정 속에 살았다
혹시나 했던 야무진 꿈은 한낱 꿈이었음을
깨지 않으려 몸서리를 쳤지만 살아가야 함에 깨어나고
깨어났을 땐 안개가 걷힌 허무함
기적을 꿈꾸다 현실의 허망을 느끼고 다시 제자리로

역시나 기적은 내 것이 아니었고
역시나 능력은 착각이었고
역시나 노력은 출발선이었는가
행복했었다 나를 위로하고 열정을 쏟았으니 후회 없다

밤하늘의 별을 보러 어두운 밤이 찾아왔듯

지속의 이유

또다시 묻게 된다
지속의 이유
벗어났단 한숨도 잠시 또다시 구렁텅이에 빠져 버렸다

어둠을 더듬어 찾지만 빛은 나오지 않는다
가야 함을 알지만 희망을 잃었다
버려진 걸까 촛불처럼 이리저리 흔들리는 심정
험난한 길 벗어나고 싶지만 버둥거릴수록 더 빠져드는
두려움과 무거운 나태함
실패의 비웃음이 귓가에 울려 퍼진다

또다시 묻게 된다
지속의 이유
비로소 이제야 찾은 지속의 이유
손톱이 깨져 나가 피를 흘려도 설중매처럼 그렇게
여명의 삶이 아직 남아 있기에

나란 사람

나뭇잎 한 장 차이로 주저 없이 선과 악을 오가는 자
청류로 가득 찬 영혼에 내 잣대로 흠칠하는 자
죄를 범했는지도 모르고 태연히 사는 자

내게 검은색 긴 소매를 입혀라
음흉한 손톱을 가릴 수 있도록

밤하늘의 별을 보러 어두운 밤이 찾아왔듯

물수제비

던져질 줄 몰랐겠지
날아가다 튕겨지고 날아가다 튕겨지고
그리고 푸~욱

낯선 온도
낯선 물결
낯선 어둠

나도 어딘지 모르는 이곳으로 날 내던졌어
우린 모두 빙점인 상태로 던져진 거겠지

회상

어둑어둑한 밤
빗소리에 술 한잔 마시니 그리움 짙어지네
적막함에 오롯이 그려지니 차분함이 위로하고
또 한 잔 술에 추억 얹어 반추하니
어린아이 보듯 회심의 미소가 나오는구나

이 미소는 분명 되돌아갈 수 없는
애틋하고 또 애틋한
젊은 날의 회상이렸다

밤하늘의 별을 보러 어두운 밤이 찾아왔듯

음지와 양지

양지로 자리 잡은 너는
차가운 눈도 따뜻한 햇살에 녹아 고요히 낮잠을 청하고
음지로 자리 잡은 너는
잔설이 남아 시린 하루하루를 건디며 살아가는구나

언제나 따뜻한 봄기운에 녹아 버릴까
차갑게 덮어 버려 가지 못함에 선망하는 네가 안쓰럽다

그러나 잊지 말아라
허욕을 버리고 묵묵히 손아귀에 열정을 쥐고 있는 한
언젠가 고달픈 잔설은 아득히 먼 추억이 되고
찬연한 빛은 내려와 네 주위를 녹이리라

붉은 실크의 낙조를 두르고

무더운 대서의 태양도 내 몸을 어루만졌고
강한 바람 또한 스쳐 지나갔다
이제 만고풍상의 시름은 저 멀리 바람에 실어 날려 보내리

삶의 끝자락에 현답도 없고 애환도 없어라
그리움 또한 파도에 던져 놓으마
한 걸음 한 걸음 찬연한 빛으로 궤적을 지우고
초연히 산천초목을 걸어가리

나는 붉은 실크의 낙조만을 두르고
환연(歡然)한 길을 가리라

밤하늘의 별을 보러 어두운 밤이 찾아왔듯

붉은 실크의 낙조를 두르고

강아 사연을
말해 다오

사회에 전할 메시지 등

적막 속 폭음

그대 이 소리를 들은 적이 있는가
귀 기울여야만 들리고 들으려 애써야만 들리는 소리
몸을 터트려 폭음을 내고도 적막이 흐르는
가정폭력에 살려 달라는 아이들의 숨겨진 외침

당장 그 손을 멈추시오
당장 그 손을

그대는 모르는가
걷잡을 수 없이 굵어지는 흙빛 토네이도
자승자박으로 치닫는 행태임을

아이들은 성스러운 빛
세상을 움직이는 원대한 희망의 꽃봉오리
우리는 깊은 관심으로 주위를 살펴
적막 속 폭음을 들으려 해야만 한다

밤하늘의 별을 보러 어두운 밤이 찾아왔듯

봄맞이꽃

당신은 이 꽃을 밟을 수 있습니까
까르륵까르륵 웃음소리

봄의 순수함을 닮아
실바람에도 한들거리는 꽃
당신은 이 가느다란 봄맞이꽃을 밟을 수 있습니까?

목화솜 댓글

몽둥이를 쥐고 자루 안에 누군가를 두들겨 팬다
그것을 풀면 누가 나올까

사랑하는 친구
웃으며 인사하는 이웃
내 가족

사이버 공간 안 소통의 부재
익명성에 가려진 사람들
이제 계곡의 청류로 손을 씻고
목화솜을 쥐여 주어 포근한 댓글을 안겨 주자

밤하늘의 별을 보러 어두운 밤이 찾아왔듯

나목

호젓한 공기가 지배한 지금
저 나목을 보라
숭고한 고행을 보고도 뒤돌아서서 갈 것이냐

인내와 열정의 수평선에는
초록 잎으로 풍성해질 것이며
새들은 노랫소리로 환호를
바람은 잎새를 몰아 박수갈채를
빛 또한 구름 사이로 광명을 비출 것이다

그대는 지금
멈춰서서 뒤돌아 갈 것이냐

강아 사연을 말해 다오

거울의 강

강물은 오늘도 거울이 되어 산그림자를 담는다
저 하얀 새도 멋스러운 자신을 보겠다고 힘껏 날아가네

흐르는 강물이 흐르는 구름을 담고
흐르는 시간이 세월 속에 담기네

유유자적한 삶도 네게 반영되어 유야무야 흘러가겠지

밤하늘의 별을 보러 어두운 밤이 찾아왔듯

강아 사연을 말해 다오

강물 위 바위에 앉아 잠심에 빠져 있는
이름 모를 까만 새 한 마리

슬픔 머금은 물비늘 애소를 토하네
새는 알아들었나 보다 차마 말 못 할 비루(悲淚)

강이여, 무량억겁(無量億劫)의 세월에
얼마나 많은 이들의 처연한 사연을 품고 있었는가

내게도 말해 주렴
그들을 위해 묵념을 하고 바라보겠네

그린스톤

경주 봉길대왕암 해변
그린스톤을 줍느라 몰두해 있는 귀여운 막내딸
아이 아빠는 깨진 유리병이라 하고
아이 엄마는 자연석이라며 핀잔을
어쨌든 막내딸을 위해 5인 가족 엉덩이 치켜세우고
누가 누가 많이 줍나 내기를

신기한 돌을 주웠다며 손을 내미는 아들
어라, 갈색 돌!
연그린색 돌은 진로 소주병
초록색 돌은 일반 소주병
갈색 돌은 맥주병

풍화 작용 때문에 닳아진 유리라
보배로 보면 보배이고 유리로 보면 쓰레기니
마음가짐을 달리하고 보면 모두 보석인 것을

밤하늘의 별을 보러 어두운 밤이 찾아왔듯

마스크로도 덮지 못할 세상

주위를 둘러보고 둘러봐도
검고 하얀 부리를 달고 날지 못하는 이들
마스크로도 덮지 못할 세상
재앙이 되어 숯덩어리로 세계를 덮어 버렸네

반쯤 가린 얼굴로
반쯤 가린 세상을

입이 있으면 무얼 할까
말 한마디 건네지 못하는구나
아이들에게 베풂을 가르치고 외면을 당부하네

어찌 살아가야 하나
코로나 속 멈춰진 세상이여
어찌 살아가야 하나
바이러스 속에 던져진 아이들이여

실루엣 미세먼지

내 눈이 뿌연 것인가
앞이 뿌연 것인가
실루엣만이 야릇하게 보이네

보일 듯 말 듯 레이스 걷어 보려
손을 뻗어 보지만 걷히지 않네

아, 저곳이 산이 있던 자리던가
이쯤이 건물이 있던 자리던가

인간의 욕망을 걷어 죄를 빌고
선명한 녹음 오늘도 열망하네

밤하늘의 별을 보러 어두운 밤이 찾아왔듯

달팽이와 토끼

토끼: "야
　　　호랑이님 강남에서 경기도로 이사 갔대
　　　우리 놀러나 가 보자"

달팽이: "그래 가 볼까"
　　　'그런데 이 걸음으로 시골에서 언제 가지!
　　　너무 멀어서 힘들다'

토끼: "어이구, 넌 너무 느려서 안 되겠다
　　　나 먼저 간다"

달팽이: '나 혼자만 뒤처졌어
　　　노력하면 언젠가는 도착할 수 있을까!
　　　가슴이 텅 빈 거 같아서 눈물이 왈칵 쏟아져
　　　포기할까!'

아빠도 개미야

안 돼
개미는 밟으면 안 돼
뭉쳐 다니지만 힘이 없단다

로키산맥에서 떨어지면 심장이 쿵!
찔끔찔끔 산을 오르지만 올라가긴 하는 건지
가고 또 가도 정상은 어디인지 몰라 답답할 뿐

꼭대기는 어디일까
산을 잘못 탄 걸까
길을 잘못 든 걸까
불안함이 감싸 두려움만이

아들아, 개미는 절대 밟으면 안 돼
아등바등 주워 먹는 개미란다
실은 아빠도 개미야

밤하늘의 별을 보러 어두운 밤이 찾아왔듯

흰옷을 입은 손님

다가가면 경계하고 배고프면 찾아와
문 앞에서 기다리는 흰옷을 입은 손님
원할 때만 찾아오고 마음의 문을 닫은 이기적인 손님

꼬옥 안고 쓰다듬고 싶어도
저 멀리 도망가 버리고 멈칫멈칫
품을 수 없는 흰 길고양이

섣부른 판단

보름달이 다가온 10월의 어느 날
바비큐 의자에 앉아 밤하늘을 바라본다

불안한 내 마음을 모르는지
말을 탄 적군처럼 빠른 속도로 달려와 달을 가린 구름
정녕 구름이 달을 덮친 것일까

아니, 아니야
달을 가린 건 구름이 아니라
왜곡해버린 내 섣부른 판단이겠지
구름은 구름대로 흘러갔을 뿐

밤하늘의 별을 보러 어두운 밤이 찾아왔듯

시름이 깊어지는 밤

촉촉이 비가 내리고 먹구름 드리운다
고민을 너에게 넘겨 흘려보내면 내 마음 편할까
둥실둥실 떠다니다 흩어져 버리면 내 마음 편할까

멍하니 바라보니 걱정 말라 유유히 사라지고
임을 보내듯 지나간 자리 무거운 마음으로 바라본다

벚꽃이 지는 어느 날

바람을 타고 내리는 꽃비
시원하지만은 않은 바람
아스팔트 바닥에 한 잎 한 잎 그려진 하얀 점

너는 이제 어디로 갈까
아직은 부드러운 살결
지금이라도 한 번 더 바라보면 시들지 않으려나
나도 너처럼 내달리고 있겠지

밤하늘의 별을 보러 어두운 밤이 찾아왔듯

시골 버스 기사님

장날 읍내 정거장
할아버지가 수레를 들고 버겁게 오르려 하니
기사님 일어나서 끌어올려 주시고 앉으시네

곧이어 할머니 두 보따리 들고 헉헉 숨을 쉬시니
기사님 아이코 소리를 내며 또 일어나 짐 올려 주시네

시골 인심까지 버스에 끌어 올리시냐고 바쁘신
고마운 시골 버스 기사님

조선 시대 선비와 21세기 그녀

매미가 사랑을 부르는 뜨거운 여름날
조선 시대 선비가 한옥의 양쪽 문을 열어 바람길을 만든다
21세기 그녀가 4중 새시를 닫고 에어컨을 튼다

먹을 갈고 한지를 준비한다
책상에 어지럽혀진 물품을 정리한다

무더운 날씨에 물을 한 사발 들이켠다
아이스 아메리카노를 마신다

붓을 잡고 소맷자락을 붙잡는다
책상에 노트북을 연다

어느 나무에선가 들리는 맑고 편안한 새소리
적막함이 감도는 타이핑 소리

선비는 고려 시대 역사에 관해 기술하고

밤하늘의 별을 보러 어두운 밤이 찾아왔듯

여인은 조선 시대 역사에 관해 기술하고 있다
또 22세기는 현재의 우리를 어떤 시선으로 기록할까!

안개 속에서
피어난 꽃

나의 가족을 향한 시

안개 속에서 피어난 꽃

뽀얀 안개 속에서 소담스럽게 피어나
온화함을 뿜어내니
수많은 나비가 유영하며 날아들고
평온함으로 충만하여 날갯짓하네

주위의 가시조차도
부드러운 꽃잎으로 달아지게 한
고귀한 심성
비바람이 시샘해 긴 세월 풍파로 이어졌지만
그 꽃은 꺾이지 않더라

사랑하고 또 사랑하여
가슴에 품어 간직한 꽃
안개 속에서 피어난 한 송이 백합

밤하늘의 별을 보러 어두운 밤이 찾아왔듯

기억의 여울

굽이치는 여울 앞에 앉아
4월의 꽃잎을 따 책 속에 끼워 넣습니다
그리고 추억의 갈피 한편에 껴 있는
말라 버린 꽃잎을 날려 보냅니다

바람은 너울처럼 왔다 물결처럼 사라집니다
당신은 너울처럼 왔다 바람처럼 사라집니다

따스함을 향해 손을 뻗는 봄
4월에도 슬플 수 있다는 것을 알았습니다

치자 꽃 향기

따스한 봄 햇살이 마당을 비추면
향기 가득 치자 향이 퍼지고
일렁이는 미지 속 기억의 화원에
노랑나비와 함께 노니는 7살 여자아이

소담한 꽃잎 귀에 꽂아 덩실덩실
저기 저쪽 하이얀 치마를 입은 엄마가 양팔을 벌리면
함박웃음 되어 달려가 따스한 품에 포근히 안기네

밤하늘의 별을 보러 어두운 밤이 찾아왔듯

천만번을 물어봐도

사랑해 사랑해
천만번을 물어봐도 내 대답은 사랑해
안아 주고 내 눈을 보는 아이
품에 꼭 안아 널 느껴

자고 있는 귀여운 손에 가볍게 입 맞추고
통통한 볼에 푸욱 뽀뽀하지
보드라운 얼굴을 쓰다듬으며 속삭여
소중한 나의 아들
천만번을 물어봐도 영원히 널 사랑해

6살 꼬마 아이

그 하얀 얼굴에서
그 조그만 얼굴에서
소리 없이 눈물을 뚝뚝 흐른다

단양 시외버스 터미널
애원하듯 아빠의 얼굴만을 응시하는 어린 딸

아빠는 까꿍 놀이를 하며 달래 주는데
그의 입가엔 미소가
그의 눈가엔 눈물이

갈 수밖에 없는 것을 알기에
떼쓰지도 붙잡지도 못하고 고착화된 소녀

아빠를 태운 버스는
애연한 밤을 헤쳐 사라진 지 오래인데
아빠를 보내지 못한 꼬마는 어둠을 버틴다

아, 슬프고 애달픈 얼굴이여
6살 꼬마의 소리 없는 눈물이
강바람에 부딪쳐 세차게 엄마의 가슴에 파고든다

아들에게

2021. 7. 13.

내가 다치면 어디서든 달려와 괜찮냐고 물어보는 아이
체할 때면 손 따 주고 엄마를 걱정하는 따스한 아이
허리 아픈 걸 보면 내 손을 이끌고 안마를 해 주며
괜찮냐고 물어보는 사랑이 넘치는 아이

너의 옆모습은 언제나 든든해
뒤뚱뒤뚱 넘어질까 불안했는데 언제 이렇게 컸을까
커 버린 널 안고 벅찬 눈물이

넌 네가 아빠인 듯 언제나 날 살피지
이 눈물만큼은 훔치지 않아
사랑아, 넌 나의 보물이란다

밤하늘의 별을 보러 어두운 밤이 찾아왔듯

체온계와 물수건

오늘 밤도 체온계와 물수건을 옆에 끼고
은은한 불빛 아래 아이의 얼굴을 바라본다

얄궂은 고열은 언제쯤 내려갈까
몇 날 며칠 축축한 물수건으로 살금살금
온몸을 적시니 귀찮다고 뒤척뒤척

체온아 내려가거라
어서어서 내려가거라
우리 아이 아프지 말고 곤히 잠들게

반쯤 뜬 눈 잃어버린 초점
아슴아슴 잠 요정을 돌려보낸다

눈물의 고속 도로

새벽 2시 30분
울 아가 칭얼거리는 소리
40.4℃ 고열
놀란 가슴에 새벽 공기를 헤친다

빛을 잃은 새벽
알록달록 불빛의 트럭 사이사이 두려움을 누른 채
한 시간 동안의 고속 도로 질주
그렁그렁 맺힌 시야 부릅뜨고 운전대를 꽉 움켜쥔다

아가, 아가 괜찮아야 돼
아가, 아가 제발 아무 탈 없기를
내 사랑하는 아가
엄마랑 집으로 무사히 돌아가자

밤하늘의 별을 보러 어두운 밤이 찾아왔듯

시골 놀이터

아무도 없는 시골 놀이터 말없이 웃어 준다
대기할 필요도 없는 그네, 뱅뱅이, 시소, 철봉
아이들은 마냥 즐겁다

놀이터를 걸어가면
흙을 밟는 소리
풀을 밟는 소리
이리저리 핀 꽃, 내 눈을 멈추고
홀로 앞산과 강가를 보며 무언의 생각에 잠긴다

뒤편 세 아이
재잘재잘 깔깔깔깔
웃음소리 들리어온다

가정을 꾸리고 산다는 건

아이야, 가정을 꾸리고 산다는 건
그저 사랑하는 사람과 같이 있게 되는 게 아니야
아침을 맞이하는 순간부터
남편을 위해
아이를 위해
쉴 새 없이 움직이지

되돌이표처럼 돌아가는 집안일에
오늘이 가고 또 내일이 와
내게 의미 있는 하루는 너희가 자란다는 희망

1년 뒤, 2년 뒤
편해질 날을 손꼽아 하루를 사는
내 가정을 움직이는 거대한 에너지가 필요하지

밤하늘의 별을 보러 어두운 밤이 찾아왔듯

아이야, 가정을 꾸리고 산다는 건

마냥 웃음이 넘치고 행복하지만은 않아

고통, 인내, 배려, 희생

부싯돌이 되어 나를 버리고 우리를 채워야

행복한 가정을 이룰 수 있지

그럼에도 엄마는

내 곁에 나를 봐 주고 걱정해 주는 사람이 있어 행복하단다

가정을 꾸리고 산다는 건 말이야

우리가 함께 있어 의미 있는 삶

그거야

사랑의 기적

안아 주세요
그대의 손을 잡아 준 이에게
그리고 당신을 바라보는 사랑스러운 아이들에게

마음이 닿을 때까지
눈을 감고 가슴이 가슴을 품으면
온유가 가정 곳곳에 퍼져 나가겠지요
사랑의 기적은 당신에게서 나옵니다

밤하늘의 별을 보러 어두운 밤이 찾아왔듯

수술 날

잿빛의 하늘과 뒹구는 낙엽이
차디찬 겨울보다도 차갑구나
나뭇가지는 흔들리며 흐느끼고
바람은 내 눈물을 부여잡고 적신다

2020년 11월 19일
오전 9시 58분 가을 소나기가 내리치더니
이윽고 잠잠해진다

스산한 마음, 흐느낌의 서막일까
오전 11시 40분 여름철 폭우 벌써 잊을세라
또 한 번 힘껏 퍼붓는다

왜 이런 날 쏟아붓는 것일까
모든 이의 울음소리가 밖으로 뿜어져 나오는 것인가
아, 천둥마저 내 울부짖음을 그곳까지 숨겨 주는구나

안개 속에서 피어난 꽃

닿지 못할 물음

강물은 움직이지 말라 하며 흐름을 멈춰 주고
새들은 애수에 찬 심연을 위로하지 못한 채 날아갔는데
여전히 눈치 없는 저 하늘은 파랗게 물들어 맑기만 합니다

님은 어디에 계시나요
이따금 바람으로 스쳐 향냄새로 내게 오셨나요
아니면 따스한 햇살을 타고 내려오셨나요
아니면 아니면
도대체 님은 어떤 모습으로 내게 오셨나요

밤하늘의 별을 보러 어두운 밤이 찾아왔듯

애상(哀傷)

겹겹이 흩어진 흔적
허허롭게 내딛는 발걸음

님의 자취가 닿은 길 따라
허무함에 눈물 흘리다 눈물길 되어 그리움으로 흐르네
비통함은 어디로 흘려보낸단 말인가

내가 사라진 후에

울지 마세요
그대의 하얀 볼이 따갑습니다.
울지 마세요
그대의 따스한 음성이 쉬네요

인연의 끝맺음에 가슴을 치지 마세요
작약꽃처럼 화사하게 살았습니다

아시지요
바다를 품고 살았단 걸
눈부신 파란빛에 부서지는 순백의 드레스
높디높은 드넓은 곳
굳건히 서 있는 소나무에 나를 뿌려 줘요
바다가 내려다보이고 온종일 햇살이 내리쬐는 그곳

밤하늘의 별을 보러 어두운 밤이 찾아왔듯

봄이면 꽃향기 날리고
여름이면 사랑을 속삭이고
가을이면 추억이 흩날리고
겨울이면 아픔을 덮어 주는

어쩌다 찾아와요
아이들의 깔깔 웃음소리가 울려 퍼지게 어쩌다

그대의 가슴에 황색의 빛이 솟아날 때
그리움 섞인 옅은 미소로 내게로 찾아와요

추모

파란의 격동
격동의 파란
고통 후 끝없는 실선

피 한 방울
피 한 방울
피 한 방울의 촛불은 휘산되었다

비단을 깔고 가시다 고난의 굴레를 던지실 때
손에 꼭 쥐던 붉은 장미도 함께 던지시길
당신은 아름다웠습니다

밤하늘의 별을 보러 어두운 밤이 찾아왔듯

안개 속에서 피어난 꽃

구름에 신세 지어
달을 보리라

자연을 바라보며…

수묵화

어느 화백의 수묵화이더냐
밤새 앞산에 섬세한 붓 터치가 펼쳐졌다
쭉쭉 뻗은 나무 기량을 뽐내고

겨울의 울부짖음이더냐
봄인 양 삐죽삐죽 개나리꽃이 피어
엄동설한(嚴冬雪寒)은 옛말인가 했더니
매서운 겨울바람 음률에 맞혀 눈보라 휘날리고
흙마저 얼어붙었다

솔솔 부는 창가에 길게 내린 블라인드
산수화의 아름다움에 힘차게 올려 재낀다

내 발자취가 하얀 발자국이 되고 흔적이 되는 오늘
인생의 자국으로 남겨 본다

밤하늘의 별을 보러 어두운 밤이 찾아왔듯

겨울 갈대밭

겨울바람이 휘몰아 갈바람을 내쫓고
갈대는 그렇게 부딪쳐 고독하게 울었다

날카로운 음성을 감싸 손에 꼭 쥐어도
살랑거렸던 바람은 아지랑이로 흐릿해져 간다

아, 차가운 겨울바람에 쓸쓸한 갈대여
나 또한 너를 얼어붙은 땅에 붙들어 놓고 떠날 수밖에

순간 내 것이었던

너를 가지려 손에 쥐어 봐
순간 내 것이었지만 이내 원망하며 떠나 버린 눈
미처 생각하지 못했던 묘연한 기억의 스침
손이 빨개지도록 만들었던 눈사람
시리고 시려도 만드는 재미에 마냥 좋았던
그래서 더 홀로 두고 집에 돌아올 수 없었던
그때 그 꼬마

가로등 불빛에 보석보다 더 고귀하게 반짝거려
왜인지 그조차도 자신을 가질 수 없다고 말하는 것 같아
가져서는 안 되는 것을
널 향한 온기조차 욕심인 것을
스스로를 녹여 깨우치게 하고 떠나는구나

밤하늘의 별을 보러 어두운 밤이 찾아왔듯

한겨울 남한강

한겨울 영하 16도
한파와 대설이 남한강에 찾아오더니
흰 아나콘다가 질펀하게 곤히 잠을 자고 있다

꿈도 꾸지 말고 푹 자거라
일어나면 또 쉼 없이 흘러가야 하니
시름 잊고 단잠을 자거라

보내지 못하는 겨울

온몸을 비추는 엷은 햇살
느슨히 겨울을 붙잡고 뒷걸음치는 아쉬운 마음
저기 저 벌거벗은 나뭇가지도
하이얀 옷으로 소복이 덮이기를 기다렸을 텐데
끝자락까지도 처연히 홀로 보내는 이 겨울
신발을 튕기던 얼어붙은 땅마저 힘주어 잡아당기고
추억에 젖지 못할 그리움 짙어지네
잡을 듯 잡지 못하는 허허로운 겨울이여

밤하늘의 별을 보러 어두운 밤이 찾아왔듯

길섶의 꽃

마음의 길섶에 시를 뿌려 꽃을 심겠습니다
밝음을 비춰 주는 꽃
아픔을 치유해 주는 꽃
나를 비워 주는 백색의 꽃
다채로운 꽃을 보며 걸으십시오

사금파리로 되어 버린 인생길
목가적인 풍경으로 서서히 들어오시면
버거운 여정이 잠시나마 녹아들겠지요
마음의 길섶에 예쁜 꽃을 깊이 담아 걸으십시오

원추리의 봄

게으름에 낙엽은 땅을 뒤덮고
한 달
두 달
석 달
숨죽여 내 발걸음 소리 귀 기울였구나

가엾어라 가엾어라
한 뭉텅이 두 뭉텅이
마음을 걷어내면 게으름에 덮인 여린 원추리
빛에 눈부셔 질끈 눈 감네
외로움을 딛고 숨죽여 기다렸구나

네게 말한다
숨을 쉬거라
햇살을 반기거라
꽃이 피어나거라

네 이름이 무엇이냐

꽃잎 떨어질까 아슬아슬
보드라운 너를 쓰다듬어 본다
까슬까슬한 손이 부끄럽구나
누구를 홀리려 이처럼 탐스러우냐
꽃을 가슴에 품고 결혼하는 신부처럼 아름답도다
무슨 수식이 더 필요할까
화사함에 눈이 부시고 부러움에 한참을 바라본다
오래 머물러 있거라

벚꽃 만개의 슬픔

보송보송 눈꽃송이
벚꽃 만개의 슬픔이여
홀린 듯 보다 앞서는 서운함
절정의 춤을 출 때 칼을 휘두르는 비바람
오랜만에 스쳐 지나간 옛 연인처럼 순간의 스침
그리고 일 년의 빈자리
애련하게 너를 보는 이내 마음

밤하늘의 별을 보러 어두운 밤이 찾아왔듯

바다를 흠모한 강

세차디세찬 바람 불어오면
강물도 바다를 흉내 내어 얇은 파도를 일으킨다
있는 힘껏 포말을 일으켜 뽐내는 것이 어지간히 귀엽구나

아이야, 서두르지 마라
바다로 흘러가면 드넓고 푸른 너의 세상에서
실컷 파도를 치게 될 것이니

바다를 그리며

부서지고 부딪혀도 부서지지 않는
아무 일 없듯 포말이 되어 하얗게 뿌려져도
바다가 되고 싶었다
파도가 되고 싶었다

험난한 인생을 움켜쥔 듯 끝을 향해 내달리는 항해
소리쳐 말을 토해 내는 바다가 되고 싶었다

내게 오려다 되돌아가고 또 되돌아가고
애써 힘들이지 마라
언젠가 또다시 너를 보러 오리라
너를 힘껏 품어 보리라

밤하늘의 별을 보러 어두운 밤이 찾아왔듯

앙가슴에 맺힌 산안개

6월의 어느 날
앞산에 비가 흠뻑 쏟아지더니
앙가슴에 우유 빛깔 안개가 맺혔다
어느 여인의 사랑이 흘러넘쳐 거기까지 갔나
아가야, 아가야
어여쁜 소중한 아가야
엄마 품에서 듬뿍듬뿍 먹고 새근새근 잠을 자거라

구름에 신세 지어 달을 보리라

나는 싫소
나는 싫소
답답한 어둠 속 세상에 가두지 마시오
얽매인 세상에 이별을 고하고
산천이란 산천 혼을 스쳐 구경할 터이니

비를 만나면 허영을 적시고
새를 만나면 시를 읊어 주리라
폭포수를 만나면 여정을 얘기하고
석양이 내리면 구름에 신세 지어 편히 달을 보리라

나는 싫소
나는 싫소
답답한 어둠 속 세상에 나를 가두지 마시오

밤하늘의 별을 보러 어두운 밤이 찾아왔듯

숲속 바람

눈을 감고 손바닥을 들어 느껴 봐
가볍게 손을 밀며 스쳐 지나가는 너

눈을 감고 귀 기울여 들어 봐
나뭇잎끼리 부딪쳐 합주를 시키는 너

그래, 너
시원함이 사랑스러운 바로 너
바람!

일상 속 쫓기는 삶
잠시 내려놓고 편안히 널 만끽해
아무 방해 없이 오롯이 너만
나를 씻어 주는 숲속 바람
바로 너.

벗 산안개

내 그대가 보고 싶어
막걸리 두 병을 준비해 두고 오늘 오려나 내일 오려나
그대 오기만을 기다렸네
나의 외로움을 아셨는지 글쎄 비를 내려 주시지 뭐겠나

아, 참 반갑구먼 반가워
시원하게 내린 비도 구경했으니 어서 나를 찾아오시게

어서 오시게
어서 오시게
한참 동안을 못 봤네그려
내 쓸쓸함을 알면 자주자주 놀러 오시게

산 위를 여행하는 나의 벗 산안개를 만났으니
오늘은 주거니 받거니 기쁨을 함께하겠다

밤하늘의 별을 보러 어두운 밤이 찾아왔듯

내 마음 울려 줄 노랫가락 한 소절 뽑고
그대 한 번 보고
걸쭉한 막걸리 한 잔 들이켜고
그대 또 한 번 보고

풍월의 소식도 전해 주니 내 외로움이 사라지고
술이 절로 들어가는구나
오늘 그대의 방문에 무척이나 행복하네
행복이 뭐가 있겠는가
나의 벗과 함께이면 족한 것을

조금만 천천히 가시게
내 그대를 언제 또 볼 줄 모르니
실컷 나와 즐기다, 가고 싶을 때 또 떠나가시게

물안개 사랑

뜨겁게 불타오르던 사랑
쉽게 식지 않으리라 생각했는데
내 사랑이 깊었나 봐요

바람이 불어와 우리 사랑을 흩트려 놓고
급작스럽게 식어 버렸지요

하지만 난 기다려요
차디찬 물 위에 그대로 인해 피어날 거란 걸

다가갈 수 없이 그저 바라본다 해도
주위를 맴돌고 맴돌아 곁에 있을 수만 있다면
물안개 사랑이라도 난 기다려요

밤하늘의 별을 보러 어두운 밤이 찾아왔듯

그림 속 가을

10월의 화창한 어느 날
하늘은 푸른 하늘색 하늘
맑음 속에 자리 잡은 상쾌한 발걸음
왼쪽 언덕에는 연보라와 흰색의 들국화
오른쪽에는 알록달록 화장을 끝낸 어여쁜 벚나무
굽이굽이 길게 난 고즈넉한 산책길
그림 속으로 들어와 사뿐사뿐 홀로 걷고 있다

나뭇가지는 눈물로 바라보겠지

오색단풍 빛깔로 서서히 변해 갈 즈음
불안함이 바람에 떨린다

더 이상 버틸 수 없음에 힘없이 떨어져 뒹굴면
나뭇가지는 눈물로 바라보겠지
힘에 부쳐 놓쳐 버린 현실에 얼마나 가슴을 쳤을까

소리 없는 눈물이 바람 소리에 옮긴다
눈물 잃은 낙엽이 바람에 옮긴다

울음소리가 귓가에 들려오면 달려가
파도에 닳아 버린 바위처럼 쓰다듬어 주리라
울음소리가 마음속에 스며들어 오면 달려가
온 가슴으로 선혈의 아픔을 감싸 안아 주리라

밤하늘의 별을 보러 어두운 밤이 찾아왔듯

시간아, 회상치 못하게 흘러다오
네가 너를 다시 품어 줄 수 있도록
또다시 연녹색 잎을 탄생시키는 날
티끌 하나 없는 백색의 이불을 덮어
지난날을 녹이리라

쓸쓸한 금빛 향연(饗宴)

스르륵스르륵
바람 따라 나부끼는 순종할 수밖에 없는 갈대여
외로움을 이길 수 없어 무리 속에
금빛의 향연(饗宴)을 만드느냐

저 멀리 날아가는 새도
스치는 울음소리에 다시 주위를 맴돌고
강물 또한 군중 고독을 물길에 흘려보내지만
세디센 갈바람에 혹독하게 휘둘리니
나 또한 너를 떠날 수 없구나

밤하늘의 별을 보러 어두운 밤이 찾아왔듯

늦가을 낙엽

만추에 시름시름 몸살을 앓아
겨울이 오는 것도 못 보고 우수수
내년 봄 새잎을 맞이하기 위해
무거운 짐을 떨군 거겠지

다시 일어나려 애쓰는 모습이 처연해
손으로 감싸 널 위로한다

바스락거리며 남기는 유언은 부서질 것 같은 내 마음
어김없이 비가 내리고 축축하게 온몸 젖어 들어
바람에 뒹굴지도 못하는 네가
꼭, 이곳을 떠나지 못하는 내 신세 같구나

잎새의 여정

기지개를 켜듯 꽃망울 트인 싹
연두색 잎이 솟아 나오고
누군가 정성 어린 손길로 닦아 낸 것일까
윤기를 뽐내며 초록 잎으로 성숙해지네
어느덧 가을이 찾아와 오색단풍 아름다움에 내몰리지만
적멸의 절정을 선포하네

안다 너를
사정없이 뒤흔든 매서운 태풍에도
타 버릴 듯이 뜨거운 태양에도
차디찬 비바람에도
쉽사리 내어 주지 않았단 걸

이제 찬란한 삶이 끝난 줄 알았느냐
내가 너를 기억하니 슬피 울지 말고 편안해지거라
누구보다 아름다웠다

밤하늘의 별을 보러 어두운 밤이 찾아왔듯

첫눈을 담는다

새하얀 첫눈이 늦은 만큼 급하였는지
2020년 12월 13일 한 뼘 폭설로 집을 감싸네

격자 창문 밖으로 소복이 쌓이고
뒤편에 아들의 에델바이스 피아노 선율
따스한 커피가 온몸에 온기를 전하고
천사의 날개로 뿌려진 세상을 눈으로 마신다

눈 덮인 세상이 더 가까이 다가오면
사랑하는 나의 아들과 딸들 호들갑 떨며 나가
눈 발자국 하나 없는 신비스러운 들판에
상쾌한 바람 맞으며 눈싸움하겠지

나는 걱정 없는 맑은 웃음 놓쳐 버릴까
동동거리며 동영상에 추억을 담아 우릴 추억하겠지

작사 부록

놀이동산에 간 단풍잎(동요)

Verse 1

노란 단풍잎 거미줄에 걸렸네
와~
놀다가 가자
바람아 뱅그르르 불어 줘 뱅뱅이 타고 싶어

야호~
놀이동산이다 내가 날고 있어
바람아 그만 그만 어지러워
바람이 멈추자 머리가 띠~용 띠용 띠용
그래도 재미있는 거미줄 뱅뱅이

밤하늘의 별을 보러 어두운 밤이 찾아왔듯

Verse 2

빨강 단풍잎 거미줄에 걸렸네
와~
놀다가 가자
바람아 슝슝슝슝 불어 줘 그네가 타고 싶어

야호~
놀이동산이다 저기 위가 보여
바람아 그만 그만 나 무서워
바람이 그네를 멈추자 또~또 또 태워 줘
너무나 재미있는 거미줄 그~네

outro

거미야 바람아 놀아 줘서 고마워
다음에 또 만나자
신나는 거미줄 놀이동산

위로

Verse 1

무슨 일 있니 싸늘한 표정
감추지도 못하는 널 알잖아
어설픈 미소가 너무나 안쓰러운걸
얼마나 추위에 떨며 있었던 거니

pre-chorus

묻지 않을게 네게 드리운 그늘
힘들겠지 가녀린 마음에
뻔한 말들로 달래지 않을게
위로가 되지 않을 걸 아니까

밤하늘의 별을 보러 어두운 밤이 찾아왔듯

chorus

그냥 곁에 함께 있을게
차가워진 손 잡고
모든 시련이 흘러가 무뎌지길
푸른 파도 소리 들으며 내게 기대어
네 맘이 편안해지기를

Verse 2

pre-chorus

언제쯤인가 술에 취했던 그날
말 못 하고 울음을 삼켰지
묻지 않았어 모든 걸 아는 듯
토닥거리며 날 안아 주었지

chorus

나를 감싼 따스한 공~기
간절했던 네 눈빛
말로 전하지 않아도 전해지는
아픈 마음 녹아내리는 위로였단 걸
너~가 위로였다는 걸

밤하늘의 별을 보러 어두운 밤이 찾아왔듯

bridge

이젠 내가 널 안아
예전 너처럼
내 품에 안겨 울어도 돼
모든 걸 내줘도 사랑할 너니까

chorus

그냥 곁에 함께 있을게
차가워진 손 잡고
모든 시련이 흘러가 무뎌지길
푸른 파도 소리 들으며 내게 기대어
네 맘이 편안해지기를

낮달이 아름다운 건

Verse 1

부딪쳐 온 외침
소리 없는 흐느낌
눈물이 위로해 바람도 스쳐 가
멈춰 고개를 들어
저 하늘에 홀로 투명하게 떠 있~는
널 봤을 때 말이야
oh~ 주체할 수 없는 환희

밤하늘의 별을 보러 어두운 밤이 찾아왔듯

Verse 2

네가 아름다운 건
미의 찬사를 못 받는다 해도
아랑곳 안 하고 유유히 떠 있기 때문이겠지
나를 위한 항해를

성공하길 바라
인정받길 바라
날 일으킬 이~유
어둠을 밝혀 줄 빛난 달 되기를 위해서

하얗고 청량하게 맑은 낮달이 아름다운 이유는
찬미의 축제를 위해 매시간을 다듬기 때문이겠지
절망이 꺾는다 해도
실패가 노린다고 해도 절대로
순순히 날 내놓지 않아
한쪽의 날갯짓으로 날아가

outro

내가 아름다운 건
희망을 품고서 사는 널 닮아서겠지

밤하늘의 별을 보러 어두운 밤이 찾아왔듯